KB196135

지은이 이 지

수원에서 태어났습니다.
축산 시험장에 다니시던 아버지 따라 동물 구경을 많이 하며 자랐습니다.
2013년 《시와 동화》 가을호에 동화가 실리며 작품 활동을 시작했습니다.
2020년 《시와 동화》 동시 신인 추천으로 동시인으로 살고 있습니다.

그린이 정 규

소설·동화·동시를 쓰고, 오랜 기간 젊은이들과 문학 이야기를 나누고 있다.

이지 동시집

내가 나여서 너무 좋아!

이지 동시집

내가 나여서 너무 좋아!

시와 동화

내가 나여서 너무 좋아!

저는 '아끼다'라는 말을 좋아해요.

절약의 의미도 있지만, 물건이나 사람을 소중하게 여기고 위하는 마음을 말하지요.

동시가 제게 그런 마음을 주었어요. 아끼는 마음으로 세상을 바라보니 모든 것이 정답고 사랑스러웠답니다.

때론 슬프고 화나기도 해요. 미움이 아니라 상대를 진정으로 아끼고 사랑하면 그 아픔이 전해져 때로는 슬픔으로, 때로는 분노로 차오르는 것이지요.

이 시집에 실린 동시들은 그렇게 태어나게 되었어요. 처음엔 어색하지만 시간이 흐를수록 관계가 깊어지는 게 꼭 친구를 사귀는 것 같아요. 동시가 여러분에게도 친구처럼 다가갔으면 좋겠어요.

저를 오래도록 격려해 주시고 예쁜 그림 그려 주시고 문학
의 깊은 자리로 이끌어 주신 강정규 선생님께 감사드립니다.
그리고 문학 공부를 함께 하는 문우들과 세상의 하나뿐인
　－우리 엄마, 우리 가족 사랑합니다.

2024년 겨울

이 지

차례

제2부 _ 호박꽃 사진 찍기

제3부 _ 사람들만

제4부 _ 셋째 씨와 토마토

제5부 _ 안 믿어

제1부

모두의 눈

코의 거리

아빠와 내가 물건을 찾으면
엄마는 코앞에 있다고 한다

코앞이 어딘지
장식장 안쪽인지
냉장고 서랍인지
소파 위 어딘가인지

아빠도 나도 못 가는
엄마만 볼 수 있는 거리

cm, m, 인치, 피드, 야드, 마일
자, 간, 정, 리
경로 이탈 미지의 거리

"어디, 어디!"

외치는 내 앞에서

순삭!
땀도 안 흘리고 다녀온
코의 거리

야

!
?
,
.

♪

종이 한 장

달리기 시합이 끝나고 선생님이 말씀하셨어
너와 내가 종이 한 장 차이래

전지일까 메모지일까
도화지일까 습자지일까
코팅지일까 한지일까

아, 골치 아파!
그냥 찢어 버릴래
접고 접고 또 접어 딱지 만들래
②등이 찍힌 손등을 부지런히 움직였어

달리기 시합

지후는 자전거
민규는 줄넘기
나는 그냥 나왔다

- 저 앞에 전봇대 까지다!

지후는 자전거 타고 가고
민규는 줄넘기 넘으며 가고
나는 그냥 뛴다

내가 중간에 되돌아 달리니까
민규는 줄넘기로 따라오고
지후도 자전거 돌려 온다

바퀴가 재빨리 구른다
줄넘기 휙휙 돈다
다리는 후다다다다닥

– 내가 1등!
– 나도 1등!
– 난 벌써 1등!

심장은 같이 뛰었으니
모두 1등이다

횡단보도

할아버지와 강아지가 길을 건넌다
얼룩말, 호랑이, 하이에나, 자칼, 몽구스, 다이커영양, 린상
벗어 놓은 가죽을 밟고 간다
수많은 차들이 무두질하여
형체도 사라진 도로 위에서
냄새가 난 걸까?
강아지,

뒤돌아본다

점점 소리를 키우는

1
어느 집
아기가 운다
큰 소리로 운다
'아 아 아 – 아 아 아 –'
종일 혼자 집 지키는 나도 안 우는데
서럽게 운다
비명 지르며 운다
떼쓰듯 운다
엄마가 화났을 거야
달래주길 포기했을 거야
언제까지 우나 내버려 둔 걸 거야

2
엄마가 매를 들었다
책이 찢겨 나갔다
난 신발 신을 새도 없이 도망쳤다

옆집 할머니 집 문을 쾅쾅 두드렸다
"살려 주세요, 저 좀 살려 주세요!"

뒤에서 욕하는 소리가 들린다
문은 열리지 않고 뒷덜미 잡힌 난 끌려간다
울고불고 싹싹 빌어도 소용없다

3
'아, 아, 아 – 아 아 아 –'
아이가 운다
큰 소리로 운다

기억

생선 비린내
바람 비린내
풀 비린내
물 비린내
피 비린내
콩 비린내
흙 비린내
.
.
.

새벽에 들어온 아빠가
이불 덮어줄 때 났던
술 비린내
알코올 솜으로 다친 무릎 소독할 때
나던 냄새, 그래서 부딪히고 깨진 데를 돌볼 때마다
나던 아빠 냄새

모두의 눈

언제부턴가
사료 통 사이 둥지 틀던 곤줄박이 안 보인다
농장 마당에 죽은 벌 늘어나고
반딧불이 사라지고
민물 가재도 자취 감췄다

아빠가 농장 소독한다고
호스로 안팎에 약 뿌릴 때,
알았다

그렁그렁한 눈으로 아빠를 본다
곤줄박이 눈으로
벌 눈으로
반딧불이와 민물 가재 눈으로

검정

생각해 보았다

빨강이 초록을 삼키면 노랑
빨강이 분홍을 삼키면 빨강
빨강이 노랑을 삼키면 주황
빨강이 보라를 삼키면 자주

뉴스에서 보았다
불이 어떻게 숲을 삼키는지
전혀 알록달록하지 않았다

상상

샤워하고 말린다

윙윙

드라이기로
머리
겨드랑이
배꼽

그러다 문득
배꼽에 바람이 들어가면 어떡하지?

배가 빵빵해 질까?
가슴이 나오나?
머리가 커지는 거 아냐?

그러다
고개를 숙이고는…

히힛!

뭐든, 멋있어지면 좋겠다

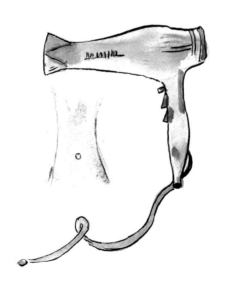

고양이 가족

도시에는 ㅁ이 많다

큰 ㅁ, 중간 ㅁ, 작은 ㅁ
넓은 ㅁ, 좁은 ㅁ
회색 ㅁ, 파란 ㅁ, 누워 있는 ㅁ
조금 금이 간 ㅁ, 부서진 ㅁ, 굴러다니는 ㅁ

수많은 ㅁ 있지만
우리 가족 살 ㅁ은 없다
우리 가족 삶은 없다

멍이와 복이

멍이가 살던 집
복이에게 주었다

멍이가 차던 목사리
복이가 찼다

멍이 밥그릇에
멍이가 먹던 사료를
복이가 먹는다

누구 것인지 모르고
낯선 냄새 아랑곳없이

똑같은 자리에 똥을 싼다
똑같이 날 보며 꼬리 흔든다

나는 그만,
이름을 잊어버리고…

"멍아!"

제2부
호박꽃 사진 찍기

달구비

누가 불렀을까?

개울에
계곡에
폭포로

쏟아지는 대답들

응

짐승이 일어나면

처음 그곳은요
아무것도 없을거라 생각하지만
아파트 밑에, 아주 밑에는
커다란 짐승이 있을걸요
자기가 살던 곳 없애 버렸으니
화났을 거예요

날마다
아파트 들어 올리기 위해
힘쓰고 있겠죠
금이 가고
기울어지고
이상이 생기면,
조심하세요
짐승이 일어난다는 신호니까요

호박꽃 사진 찍기

벌 사진사 지시 따라

호– 입을 오므리고
박! 하고 벌린다

추석

할아버지 선생님
추석에 뭐 하시나 물었더니
고향도 없고
부모님도 안 계시니
갈 데가 없다고 하신다

우리는 놀 일 많아 시간이 짧은데
긴 연휴 동안 선생님 심심하시겠다

애들아!
우리 선생님 댁에 놀러 가자!
가서 재미난 이야기 들려 달라고 하자
너희는 대추 따고 밤 주워라
난 커다란 보름달 깨끗이 닦아 가져갈게

세수

먼저,

흡
숨을 참는다
손으로 물을 받아
얼굴에 적신다

비누로 거품 내어

흡, 참, 물, 얼
흡, 참, 물, 얼

빨리하면
참, 물얼
참, 물얼

더 빨리하면
물얼

물얼

더, 더 빨리하면
눈곱만 떼기

투명 엄마 만들기

말 걸어도 입 꾹 다물기
눈 마주치지 않기
전화 오면 안 받기
문자와도 읽지 않기
아빠와 동생하고만 말하기
엄마를 피해 다니기
둘만 남으면 방으로 들어가기
엄마가 방에 들어오면 나가기
동생한테 말 전달하기
밥 같이 안 먹기
엄마 앞에서 절대 웃지 않기!

왜 그러냐고?

엄마!
이제 내 마음 알겠어?

냄새

영철이네 가면 영철이네 냄새
승구네 가면 승구네 냄새
희찬이네는 희찬이네 집 냄새 난다

그런데,
학교에 다 모이면 우리 교실 냄새 난다

외딴집

뭐 하는 거지?
벌서는 건가?

말뚝에 묶여
왔다 갔다

얼마나 심심할까
얼마나 무서울까

묵정밭 한가운데
쫓겨난 개

수학 시간

선생님이 말씀하셨다

"앵무새는 모두 몇 마리인지 식으로 써 봅시다."

순철이 로딩 중
연희 설치 중
민규 설치 중
효연이 로딩 중
민지 로딩 중

경석이 업데이트 완료!

번개

번쩍
번쩍

누가 전기세 나오게 불을 껐다 켜래?

학부모 공개 수업

선생님 말씀 잘 듣는 척
발표 잘하는 척
안 까불고
얌전한 척
조용한 척

나는 그런 척 안 한다
있는 그대로 보여 준다

꾸벅꾸벅

거미

누가 얘 좀 풀어 줄래
'얼음'인 채로
아침부터 꼼짝 않고 있어

제3부

사람들만

빈 놀이터

시소가 웃는다
지나가는 날 보고 웃는다

좀 서 보라는 듯
좀 앉아 보라는 듯

미끄럼틀이 어깨를 편다
까불까불, 말타기도 달릴 준비 한다

다가서기만 하면
서로 태우려고 앞다투는데

하지만 어쩌지?
난 강아지인걸

단풍은 달다

무지개에서 제일 좋아하는 색을 골라
동글동글 빚어
햇살에 팔팔 끓여
찬바람에 굳히면
새콤달콤한 사탕

빨간색, 노란색, 주황색
나무들에게 나누어 주었더니
헛바닥마다 알록달록
바람이 재밌다고 깔깔

살

우산살
바큇살
부챗살
문살
연살
.
.
.
.
.

있어야 온전한
살리는 살

사람들만

싹, 아무렇지 않게 돋아 자라고
꽃, 아무렇지 않게 피고 지고

매해 때마다 자기 일 할뿐인데
사람들만 요란하다

까치집

올해도 깜부기처럼 달고
손님맞이 합니다

태풍에도 끄떡없습니다
시원한 그늘은 공짜입니다

몇 년을
수십 마리가 번갈아
알을 낳고 키워 나간 집

뜨내기도 좋고
단골도 좋습니다

주소는 없지만
다 압니다

순우

너희 엄마 어디 갔냐고 물으면
꼭 미국에 있다고 한다

언젠가는 자기도 미국에 갈 거라며
꼬부랑 할머니 손 꼭 잡고
씩씩하게 집에 가던 순우

이제 어린이집에 나오지 않는다
미국에 갔을까?
엄마를 잘 만났을까?

첫사랑

희성이에게
여자 친구가 생겼다

누나가 말했다
이제 울고 오겠네

세모+네모, −동그라미

우리 셋은 절친이었어. 학교 갈 때도 같이 가고 집에 올 때
도 기다렸다가 함께 갔지. 그런데, 나랑 세모가 싸웠어. 세모
는 네모와 다녔고 난 혼자가 됐어.

네모는 나보다 세모가 더 좋았던 걸까? 어린이집도 같이 다
녔는데 어쩜 그럴 수 있어! 답답해서 선생님한테 말했어. 그
랬더니 아무렇지 않게 웃으며,

"시간이 지나면 다 해결돼."

처음엔 정말 그런 줄 알았지. 하지만 삼 년이 지나도록 세
모와 말 한마디 안 하고 있어. 시간이 해결해 준다고? 틀렸어.
시간은 아무것도 안 해. 해결은 내가 하는 거야!

큰 강

세상에서 제일 큰 강은
하늘에 있다

땅에 있는 것은 모두
다 그 물 먹어야 산다

눈물의 점심

점심시간에
치킨텐더가 나왔다!
먹고 싶은데
앞니 두 개 빠져
먹을 수 없었다
이 한 개만 더 있어도
먹을 수 있었는데

기다려 주기

버려진 게발선인장
공원에서 주워 데리고 왔다
예쁜 화분으로 갈아 주고
물 주어도
몇 년 동안 조용하더니
올해는 꽃 피웠네!
이제야 마음을 열었나 보다

있지

나무들이 사는 나라는 땅속인 거야
거꾸로 서 땅속에 머리 박고 사는 거야
겨우내 저희끼리 나눈 얘기 차고 넘치면
잎이 되고 꽃이 되는 거지
흙만 먹었으니 소화가 안될 거 아냐
그러면 뿡뿡 방귀를 뀌는데
사람들은 좋다고 나들이도 오고
얼마나 우스워?

제4부

셋째 씨와 토마토

공포의 밭

찬 바람 불던 날,

배추 날개 꽁꽁 묶자
소름 끼친 갓
얼굴이 보랏빛으로 변하고
새하얗게 질린 무
이마만 내밀고
땅속에서 벌벌 떤다

게구리

일곱 살 한비가 공책에
'게구리'라고 썼다
엄마가 '개'라고 고쳐 주니
아니란다

"물에 사는 건 게! 땅에 사는 건 멍멍 개!
이건 물에 사니까 게구리지!"

봄

후우웅

휘이잉

윙

휘오오

바람꽃* 활짝 폈다

―――――――――――

*바람꽃: 3월 이른 봄에 핀다.

가지치기

머리 길게 늘어뜨려
찰랑거리고 싶어

노란 열매 핀처럼 꼽고
매듭지어 보고 싶어

하지만, 내 바람은 머리 위 전선까지
봄마다
내 희망은 거기까지

셋째 씨와 토마토

지난해 버린 늙은 호박에서 싹이 텄다
첫째 씨는 길에서 자라다 밟혀 죽고
둘째 씨는 토담넘고 나가더니 제초제 맞아 죽었다
셋째 씨, 집 뒤 텃밭에서 방울토마토 만나 함께 지내더니
꽃도 똑같이 노란색
열매도 똑같이 초록색
모양도 똑같이 둥글다

어, 어 저 봐라!
호박넝쿨 품속에서
방울토마토 얼굴 빨개졌다

언니가 고장났다

겉으론 멀쩡해 보인다
평소처럼 짜증 내고 화내는 것도 똑같다
다르다면…
거리가 자꾸 멀어진다
안 들어오는 날도 있다

엄마는 가로등이 되었다
아빠는 현관문이 되었다
나는 뭐가 될까 고민하다
아무것도 안 하기로 했다
소파나 식탁처럼 익숙한 것도 필요할 테니까

성적표 나온 날

내 가방에
폭탄이 들어있다

터지면
나만 죽는다

까치

나무 위
'깍깍'
소리

나무가 우는 건지
까치가 우는 건지
헷갈리네

빈 집

할아버지 어릴 때 본 집
아빠 어릴 때도 있었다는 집

진흙을 콩알만 하게 빚어
처마 밑 꼭꼭 붙여 만든

방 한 칸 흙집
기다려도 오지 않는 제비집

어린이 보호 구역

빨간 신호 무시하고
쌩 달리는 트럭

"아이, 깜짝이야!"

엄마와 난 가슴이 철렁
다리는 후들후들

천막 덮은 짐칸 위에
'설탕 수박 오천 원'

맛있을 것 같지 않아요
암만 싸도 엄마는 안 사겠대요

밭

할머니, 상추 앞에 이건 뭐예요?
봉숭아
그럼 고추 옆에 저건요?
분꽃

할머니,
여긴 텃밭이잖아요

그냥 같이 사는 거지 뭐
텃밭이나 꽃밭이나
다 같은 밭인데 뭐

혼자 놀기 싫어!

엄마는 벤치에서
핸드폰만 보고

놀이터에서 나 혼자
그림 그린다

비행기, 자동차, 공룡,
강아지, 아빠, 엄…

나뭇가지로
땅바닥을 마구 휘저어

비뚤어진 눈, 코, 입
밑에 '엄마'라고 썼다

제5부

안 믿어

네발 지팡이

네 발이 앞서가면
두 발이 뒤따른다

경사진 길에서는 턱 버티고
턱이 나타나면 먼저 가서

두 발이 온전히 설 때까지
네 발이 기다려 준다

편지

우렁이 올챙이 잡아
채집통에 넣어
몸 아픈 친구한테 보냈다

우리 동네서 가장 웃긴 우렁이랑
노래를 제일 잘하는 올챙이야

배꼽 잡다 금방 나을걸?
춤추고 싶어서 벌떡 일어날걸?

예배 시간

딱!
지붕에 도토리 떨어지자
목사님 말씀 뚝 끊겼다

따닥, 또르르르
지붕에 도토리 구르자
픽픽 웃음소리 터졌다

천장 보고
떨어져라
또 떨어져라

놀러와 미용실

새로 생긴 미용실엔
할머니들 많지요
머리하는 사람 없는데
앉을 자리 없어요

-많이 기다려야 되나요?
-아녀, 우린 머리 하나도 안 할겨

휠체어 탄 할머니를
모두 함께 올려요
도와 달라 한 적 없는데
서로 와서 잡아요

-피부 참 고우시네
-상추 뜯은 것 좀 드릴까?

울 할머니 집에 갈 땐
친구 되어 인사해요

사탕 손에 쥐여 주며
또 놀러 오래요

아프리카 돼지 열병

일하는 아저씨들 모두 나갔다
트럭을 팔았다

돈사도
우리 집도
하루 종일 조용하다

실력은 실로

할머니는 건넌방에서
엄마는 거실에서
뜬다

한 코 두 코 살을 붙이고
세 코 네 코 살을 줄인다
털 뭉치가 헐렁해질수록
손바닥 안에 고운 꽃 피어난다

꼬불꼬불 레이스 엄마 수세미
둥글둥글 호빵 할머니 수세미

이야! 예쁘다
엄마 어떻게 떴어?
인터넷 보고

이야! 예쁘다
할머닌 어떻게 떴어?

그냥

합작품

아이가 그리다 만 종이
하늘은 환한데 달이 있고 별도 떴다
이상하게 생긴 나무
엄마는 잔가지에 잔소리를 매단다

빨리 밥 먹으라고
깨끗이 손 씻으라고

안 믿어

금방 끝나
금방 갈 거야
금방 나가
금방 해

엄마,
금방이 언제야?

봄 부르기

엄마와 함께 산을 오른다
허공에 발을 내민 어린 순들
초록 옷 갈아 신은 나무 아래로
아직 졸고 있는 길을 깨운다
바삭바삭 가을이 지나가고
부스럭 겨울도 슬그머니 물러난다
한 발 한 발 내딛으며 봄을 부른다
진달래 분홍 양말 신고 뽐내고 있다

아이스크림

사서 나오다
마주쳤다, 잠자리

땡볕 이고
아지랑이 속에서 휘청휘청

한 입줄까?

손 내미는 순간
바람이 훽 잡아채 간다

끌려가면서도
한 입만, 딱 한 입만

해솔*마을 반

"선생님 반 애들이 가장 말이 많아요."

다른 반 선생님이 그래요
우리 선생님은 그냥 웃어요
나는 알아요
선생님 눈은 항상 웃고 있죠
선생님 귀는 쫑긋 열려 있고요
선생님 입은 언제나 대답할 준비가 되어 있고요

왁작왁작
쫑쫑쫑쫑
재재재재
배배배배

우리 반은 해처럼 밝을 뿐이에요
소나무처럼 푸르게 자랄 뿐이에요

_____

*해솔: 해처럼 밝고, 소나무처럼 바른 것을 뜻하는 순우리말.

고라니 똥

작년엔 집 주위로
많았는데
뒷산에 태양광 발전기 생긴 뒤로
안 보인다

똥이 보고 싶긴
처음이다

이지 동시집

내가 나여서 너무 좋아!

초판 1쇄 인쇄 2025년 1월 6일
초판 1쇄 발행 2025년 1월 12일

지은이 이지
그린이 정규
펴낸이 강정규
펴낸곳 시와동화

등록번호 제2014-000004호
등록일자 2012년 6월 21일

주소 경기도 부천시 성주로 86-4, 104동 402호(송내동, 현대아파트)
전화 032-668-8521
이메일 kangjk41@hanmail.net

ISBN 978-89-98378-68-4 73810

저작권자 (c) 이지, 정규 2025

어린이제품안전특별법에 의한 제품 표시
제조자명 시와동화 제조연월 2025년 1월 제조국 대한민국 사용연령 6세 이상 어린이
주소 및 연락처 경기도 부천시 성주로 86-4, 104동 402호(송내동, 현대아파트), 032)668-8521